U0111641

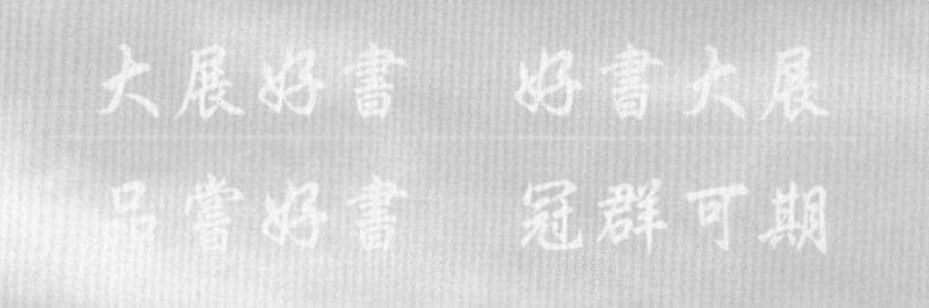
大展好書 好書大展
品嘗好書 冠群可期

日語加油站 6

TIAOZHAN XIN RIYU NENGLI KAOSHI N3 TINGJIE

挑戰 新日語能力考試 N3 聽解

主　編　張晨曦

副主審　李宜冰　楊　紅

主　審　恩田 滿(日)

附CD

大展出版社有限公司

前言

2010年，國際日語能力測試從題型到評分標準進行了全面改革，其中聽解部分的改動最爲明顯，不但增加了題目類型與分量，同時聽解成績占總成績的三分之一，採取單科成績和總成績的雙重衡量標準。

無論改革與否，一般考生最爲薄弱的環節始終是聽解部分。能力測試改革前，學生中常常流傳這樣一句話：「只要聽力能過，考級就能過。」這充分反映了考生聽解能力存在不足。縱觀歷年考題，可以發現考題存在以下弊端：

（1）常以生僻的單詞爲考點；（2）內容脫離生活。

新日語能力測試聽解部分一個最突出的變化就是對學習者日語實際應用能力的考查，「Can-Do」成爲測試的核心要素，除以往的場景對話類題目外，還增加了若干生活對話問答類題目，是對聽說能力和分辨力的全面考核。

爲了幫助考生全面提高日語聽解能力，備戰考試，深入地瞭解和研究考題，我們特別編寫了這套「挑戰新日語能力考試・聽解」系列，透過對近兩年來舉行的新日語能力N1、N2、N3考試的題目分析，設置與聽解考試題型完全相同的模擬題目，爲考生順利衝刺新日語能力考試打下基礎。

本套書按照考試的題目類型劃分章節，每個章節是一種題型，分別是「課題理解」「要點理解」「概要理解」「即時應答」「綜合理解」——首先，編者總結該題型的出題特點，並分析相應的解題方法和技巧，隨後提供大量題目給考生自我學習和測評。每章題目結束後，N1和N2級別均設有兩段電影對白、兩段新聞錄音和三段年輕人用語，N3級別設有兩段電影對白，供考生在集中精力練習聽力之後放鬆心情，並在之後的反覆練習中自測聽力水準的提高。

本套書的最大特色是除了提供大量的練習題目外，還給考生指出解題技巧，幫助考生在準備考試之前就了解到題目的類型特點和出題方式，準確找出自己的薄弱點，更加合理規劃自己的複習方式，從而取得好成績。

所有內容的錄音都收錄在隨書附贈的光盤中。爲了能給考生提供準確的語音示範，錄音全部由發音純正的日本外教灌製，與正規考試完全貼合。

本套書既可用於教師指導下的訓練，也適合於考生臨考前的自我適應訓練。在此特別指出：考生在做練習時一定要對自己的實力做出正確評估，不要囫圇吞棗，要針對自己的弱項進行循序漸進的特別練習。爲了本套書的順利完成，安徽科學技術出版社提供了諸多方便；奧村望、齊藤郁惠、河角靜、楠瀨康仁等日本外教爲了取得更好的錄音效果不辭辛苦，反覆錄製；主審恩田滿教授認眞審讀本套書，保證內容的準確性和對話的地道性。在此謹致謝意。

編者　李宜冰

目次

第一章　課題理解 ……… 9

解答ポイント ……… 9

問題1 ……… 11

シナリオ練習 ……… 19

耳をすませば ……… 19

ワこピース ……… 21

第二章　ポイント理解 ……… 24

解答ポイント ……… 24

問題2 ……… 25

シナリオ練習 ……… 33

ナルト(1) ……… 33

ナルト(2) ……… 35

第三章　概要理解 ………… 37

解答ポイント ………… 37

問題3 ………… 40

シナリオ練習 ………… 43

名探偵コナン ………… 43

恋空 ………… 45

第四章　発話表現 ………… 46

解答ポイント ………… 46

問題4 ………… 48

シナリオ練習 ………… 57

となりのトトロ ………… 57

秒速5センチメートル ………… 59

第五章　即時応答 ………… 61

解答ポイント ………… 61

問題5 ………… 62

シナリオ練習 ………… 66

千と千尋の神隠し …………………………………… 66

空の城ラピュタ …………………………………… 68

スクリプト …………………………………… 70

第一章　課題理解 …………………………………… 70

第二章　ポイント理解 ……………………………… 87

第三章　概要理解 ………………………………… 104

第四章　発話表現 ………………………………… 118

第五章　即時応答 ………………………………… 125

答え …………………………………………… 141

第一章　課題理解

解答ポイント

★題型特點

1. 對話開始前有相關背景說明。
2. 問題將在對話開始前和結束後各出現一次。
3. 四個選項均被印刷在試卷上。
4. 對話場景多為辦公商業場景。
5. 對話內容較多，干擾項目多。

★解題方法

（1）拿到試卷以後，把握時間瀏覽每一道題的選項，推測可能的對話內容。

（2）注意對話開始前的提示文，不可掉以輕心。

（3）聽好對話開始前的問題，找出關鍵詞。

（4）答案多在對話的中後部出現，所以要一直集中精神。

（5）保持輕鬆良好的心態，遇到不懂的單詞不要驚慌。

為了正確解答問題，在這裏首先要求考生注意對話開始前的背景說明。背景說明會告訴考生對話發生的地點，主題，以及對話者之間的關係。這些資訊可以幫助考生更好地理解對話，做好答題的心理準備。

此外，該題型還要求考生聽好對話開始前的問題，找出關鍵詞。課題理解問題雖然都是主人公接下來應該做的事情，但是時間卻有所不同。每一道題都有時間限制。如果忽略提問中的這一關鍵詞，就不能選出正確答案。

除了上述兩點，考生在考試中還應該保持良好的心態，遇到不懂的單詞不要驚慌，透過前後文積極聯想，推測其意思，千萬不可因為某一個單詞而放棄整個題目。

問題1

問題1　まず質問を聞いてください。それから話を聞いて、問題用紙の1から4の中から正しい答えを選んでください。

1番　101

1. 一番屋
2. キチョウ
3. だいごてい
4. 白木屋

2番　102

1. 5時45分
2. 6時
3. 6時30分
4. 6時45分

3番 103

1.

KCC 銀行

2.

銀行の向かい側の喫茶店

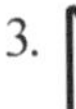

3.

男の人の会社

4.

ヤマト物産

4番 104

お知らせ

台風12号の影響で、下記の便は欠航が発生しています。

JL651　関西16：30 / 北京18：20

JL653　関西18：55 / 北京20：45

KS654　韓国インチョン13：45/関西15：20

大変申し訳ございませんが、キャンセルまたは変更の手続きを

2番　　カウンターにて承ります。

1. 空港でそのまま待ちます。

2. 空港の2番カウンターへ行きます。

3. 通常通り飛行機に乗ります。

4. ホテルへ戻ます。

5番 105

時間	予定	大学側参加者	場所
9:00 ~ 10:00	打ち合わせ	田中学長	学長室
10:00 ~ 11:00	キャンパス案内	山下課長	南キャンパス
11:00~12:00	授業参観	八木先生	講義棟306室

1. キャンパス案内 → 打ち合わせ → 授業参観

2. キャンパス案内 → 授業参観 → 打ち合わせ

3. 打ち合わせ → 授業参観 → キャンパス案内

4. 打ち合わせ → キャンパス案内 → 授業参観

6番 106

1. 大会議室(だいかいぎしつ)の予約(よやく)をします。
2. 資料(しりょう)を追加(ついか)します。
3. 挨拶(あいさつ)を社長(しゃちょう)にお願(ねが)いします。
4. 出席者名簿(しゅっせきしゃめいぼ)を作(つく)り直(なお)します。

7番 107

1. 絵(え)
2. 写真(しゃしん)
3. 旅行(りょこう)
4. 山登(やまのぼ)り

8番 108

1. スキー場(じょう)
2. 体育館(たいいくかん)の階段(かいだん)
3. テニスコート
4. うちの中(なか)

9番 109

1. トイレ
2. 玄関(げんかん)
3. お風呂(ふろ)
4. 庭(にわ)

10番 110

1. バス
2. 地下鉄(ちかてつ)
3. タクシー
4. 車(くるま)

11番 111

1. 駅(えき)の入口(いりぐち)
2. 切符(きっぷ)売(う)り場(ば)
3. 電車(でんしゃ)の中(なか)
4. バスのところ

12番 112

1. 会議 → キャンパス案内 → 掃除 → 食事
2. キャンパス案内 → 会議 → 食事 → 掃除
3. 会議 → 食事 → キャンパス案内 → 掃除
4. 会議 → キャンパス案内 → 食事 → 掃除

13番 113

1. ピアノを弾きます。
2. 挨拶をします。
3. 歌を歌います。
4. 何もしません。

14番 114

1. 22日です
2. 23日です
3. 24日です
4. 25日です

15番 115

1. 市役所(しやくしょ)に行(い)きます。
2. 市役所(しやくしょ)に電話(でんわ)します。
3. 郵便局(ゆうびんきょく)に行(い)きます。
4. 銀行(ぎんこう)に行(い)きます。

16番 116

1. 3階(がい)
2. 5階(がい)
3. 6階(がい)
4. 7階(がい)

17番 117

1. 明日(あした)の午前中(ごぜんなか)
2. 明日(あした)の午前後(ごぜんご)
3. 明後日(あさって)の午前中(ごぜんちゅう)
4. 明後日(あさって)の午後(ごご)

18番 118

1. 5：30
2. 6：00
3. 6：30
4. 7：00

19番 119

1. 7人
2. 8人
3. 9人
4. 10人

20番 120

1. お弁当
2. ジュース
3. お菓子
4. ノート

シナリオ練習

耳をすませば　121

雫：高坂先生います？

高坂先生：あれ、月島じゃん。どうした。

雫：先生、お願い聞いてくれますぅ。

高坂先生：なーに。変なことじゃないだろうねぇ。

雫：図書室開けてください！

高坂先生：図書室？次の開放日まで待てないの？

雫：みんな読んじゃったんです。市立図書室は今日休みだし…

雫：わたし、休み中に20冊読むって決めたんです。

高坂先生：20冊！月島は仮にも受験生なんだよ…

高坂先生：ほれ、早くしな。

雫：えーと、あった！

高坂先生：早く持っといで。

高坂先生：ほれほれ、読書カードと貸出しカードを出す出す！

雫：お願いしまーす。

高坂先生：うひゃあ、何これ、今まで一人も借りてないじゃん！

雫：貴重な本なんですよぉー。市立図書室にもないんだから。

雫：天沢…先生！この天沢って人どんな人か知ってます？

高坂先生：あーーん、失敗しちゃったじゃないかぁ！

高坂先生：寄贈した人だろう。そんな古いことわからないよ。ベテランの先生に聞いてみな。

夕子：雫ーっ！あーっもう！こんなところにいた！

夕子：11時に昇降口っていったくせに15分も太陽の下にいさせて！またソバカスが増えちゃうんじゃない！

雫：ご、ごめん。

高坂先生：こらこら、さわぐな。原田は気にしすぎなんだよ、ソバカス…

夕子：先生！あたし、真剣に悩んでいるんです!!

高坂先生：あー、わかったわかった。ほれ、二人とも出た出た。

ワこピース 122

ルフィ：おおい、トナカイ、仲間になれ。ああつつ、美味そう。ハハハ～～。海賊はいいなあ。

トナカイ：ドクター、海賊って何。

ドクター：海賊か。海賊は海にいるすげえやつらさ。鍛え抜いた巨体、わしのような目、その声は空を割る雷だ！

トナカイ：お前、本当に海賊か。

ルフィ：うん、まあそうだけど、だから仲間になるって、海賊は楽しいぞ。歌うしな。

トナカイ：ええ、歌う。

ルフィ：ああ、それに海賊は踊るぞ。

トナカイ：そんなのが海賊か。

ルフィ：そうだ、冒険が一杯だ。

トナカイ：冒険、海賊はやっぱり冒険するのか。

ルフィ：当たり前だ。海賊は命を賭けて冒険するんだ。すげえやつらにたくさん会えるぞ。

ドクター：海賊がいいぞ。海にゃとてつもねえやつらがごまんといるんだよ。チョッパー、お前はいつか海へ出、そうすりゃお前の悩みなどいかに小せいことをよくわかるぜ。おまえの生まれた島なんて世界から見りゃこんなんだぜ。

トナカイ：本当。

ドクター：いいや、もっとだ。こんなんだ。本当だ。へっ、へっ、へっ、へっ、へっ、へっ、おまえの明日はあの海の向こうにあるんだ。

第二章　ポイント理解

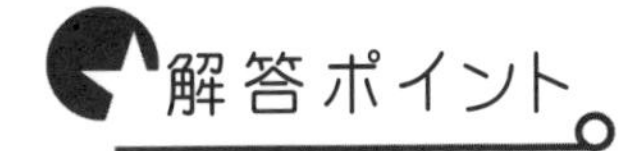

★題型特點

1. 對話開始前有相關事項提示。
2. 有相關場景和問題說明。
3. 問題將在對話開始前和結束後各出現一次。
4. 四個選項均被印刷在試卷上。
5. 對話場景多樣化。

★解題方法

要點理解類的題目，要比課題理解類題目稍長，難度大，因此考試時增加了閱讀選項的時間。這類題目多由傳統的原因題目、「最」字類題目構成。但因為選項被印出，所以考生相對輕鬆了不少。對於「最」字類的題目，必殺技為抓住表示「最」的關鍵副詞或排除並列選項。而原因題，則要注意轉折後面的內容、問句回答中的解釋內容，以及透過排除法否定部分選項。

問題2

問題2　まず質問を聞いてください。その後、問題用紙を見てください。読む時間があります。それから、話を聞いて、問題用紙の1から4の中から正しい答えをひとつえらんでください。

1番　201

1. お酒(さけ)
2. お菓子(かし)
3. タオル
4. 商品券(しょうひんけん)

2番　202

1. 夏(なつ)はウィルスが多(おお)いからです。
2. エアコンの使(つか)いすぎです。

3. 映画館で映画を見るからです。

4. 夏風邪は大流行しないからです。

3番 203

1. まず温泉に入って、それから海に行きます。

2. ます海に行って、それから温泉へ行きます。

3. どこへも行かないで、うちでのんびりします。

4. 温泉だけに行きます。

4番 204

1. 男の人にお礼を言うためです。

2. 男の人に新しいプロジェクトに参加してもらうためです。

3. 男の人に文句をいうためです。

4. 男の人に教えてもらうためです。

5番 205

1. 体調(たいちょう)が悪(わる)かったからです。
2. 授業(じゅぎょう)に出(で)たくなかったからです。
3. 怪我(けが)をしたからです。
4. お母(かあ)さんが入院(にゅういん)したからです。

6番 206

1. 発音(はつおん)や文法(ぶんぽう)などの基礎知識(きそちしき)が大事(だいじ)だということです。
2. 失敗(しっぱい)を覚悟(かくご)することです。
3. 外国語(がいこくご)を使(つか)って、他人(たにん)とコミュニケーションをすることです。
4. 失敗(しっぱい)を恐(おそ)れないことです。

7番 207

1. 土曜日(どようび)に東京(とうきょう)に着(つ)きます。
2. 土曜日(どようび)に大阪(おおさか)に着(つ)きます。
3. 日曜日(にちようび)に東京(とうきょう)に着(つ)きます。

4. 日曜日に大阪に着きます。

8番 208

1. 今日は火曜日だからです。
2. まだ時間が早いからです。
3. 今日は月の終わりの日だからです。
4. ここはもう体育館ではないからです。

9番 209

1. 友達が好きだからです。
2. トランプが好きだからです。
3. 泳げないからです。
4. 海が恐いからです。

10番 210

1. 近いところがいいです。
2. 料理屋さんがいいです。

3. ケーキ屋さんがいいです。

4. 時間はいつでもいいです。

11番 211

1. 新しい技術を勉強したり、研究したりすることです。

2. 病気の人の気持ちを考えて、助けることです。

3. 自分の考えを正しくすることです。

4. 仕事をしやすくすることです。

12番 212

1. 名前も知らないし、会ったこともない。

2. 名前は知らないが、会ったことはある。

3. 名前は知っているが、会ったことはない。

4. 名前は知っているし、会あったこともある。

13番 213

1. 軽くて楽しい本です。

2. まじめで難しいほんです。

3. 外国語の本です。

4. 大きくて重い本です。

14番 214

1. スポーツが好きな男の子です。

2. スポーツが好きな女の子です。

3. 料理が好きな男の子です。

4. 料理が好きな女の子です。

15番 215

1. 9時半から事務所で行われます。

2. 8時半から事務所で行われます。

3. 9時から大阪支社で行われます。

4. 9時から大阪支社で行われます。

16番 216

1. 資料室に行って、封筒をさがします。
2. 資料室に封筒を持っていきます。
3. 大会議室で封筒をさがします。
4. 大会議室に電話をします。

17番 217

1. 4回
2. 5回
3. 6回
4. 8回

18番 218

1. 本館の三階です
2. 本館の四階です
3. 新館の四階です
4. 新館の一階です

19番 219

1. 銀行の前です
2. 銀行の隣です
3. スーパーの駐車場です
4. 自分の会社です

20番 220

1. 静かな所に住みたかったからです。
2. 二人で住むには狭くなったからです。
3. 前のアパートが嫌いだったからです。
4. 前のアパートが会社から遠かったからです。

シナリオ練習

ナルト(1)　221

綱手：さぁ～、どうする、桜！

サクラ：右、上、左、後ろ。どこでもないなら、下！

ナルト：へえ？

カカシ：な、なんつう馬鹿力だ。

綱手：よし！上出来だ！

カカシ：五代目、桜に教えたのは医療忍術だけじゃないのね。

自来也：あの切れ合とあの怪力、見事な綱手二号を育だてやがったな。

サクラ：カカシ先生、見つけた。

ナルト：さ、桜ちゃんの前で馬鹿するのをもうやめよう、殺される。

カカシ：最大チャクラを一気に体内で練り上げ、瞬時拳に全集中。相当なチャクラコントロールがなけりゃ～、できない芸当た。医療忍術に怪力か？いや～、それだけじゃない、桜は本来幻術タイプだからな。こりゃ、五代目以上のくのいちになるかもね～よし、今度俺のほうからも行きますか。

ナルト(2) 222

ナルト：確かに、こっちのほうから聞こえたんだ、鈴の音。

サクラ：わざと聞かせた可能性もあるわ、気をつけて。

ナルト：あ～ん、カカシ先生だからなぁ。

ナルト：サスケ！

サクラ：サスケ君！

サスケ：ナルト、桜、助けてくれ！大蛇丸んところから、逃げて来たんだ。助けてくれ、ナルト、桜、頼む！

サクラ：残念だわ、佐助君とはもう暫くお話していたいけど。解、幻には興味ないのよね。

ナルト：影分身の術。

サクラ：ナルト、そこの木の後ろに、カカシ先生！

カカシ：しまった！

ナルト：ああ、分かってるってばよ。螺旋丸！

サクラ：カカシ先生！

カカシ：ん？

サクラ：なんか言うことがあるんでしょう？前は私聞きそびれちゃったけど。

カカシ：忍び戦術その二、幻術。

サクラ：え？今の何？え、ちょっと！先生は？え、どうなってるの？え～？何が何？

サスケ：桜。

サクラ：佐助君！

サスケ：さ、桜、た、助けてくれ！

サクラ：はあ。わあああああ～

カカシ：あの時は簡単にひっかかってくれちゃったのになあ～

サクラ：カカシ先生芸無さ過ぎ。同じ手に何度も引っかかるわけないでしょう～

ナルト：そうだそうだ。

カカシ：いいや、そうとも限らないぞ。

ナルト：やれ～、鈴がおちったてばよ～

サクラ：ナルト～

ナルト：いただき～あ！

カカシ：ほ～ら、ナルトなら前と同じ手にっ！うん！

ナルト：そんなの引っかかるわけねえってばよ！

カカシ：あ？

ナルト：変わり身の術！くつそ～！

サクラ：馬鹿～、だから言ったじゃないの～

カカシ：やっぱ、もう同じ手は通用しないか。

第三章　概要理解

解答ポイント

★題型特點

1. 對話開始前有相關事項提示。
2. 有相關場景和問題說明。
3. 問題在對話結束後只出現一次。
4. 四個選項均未被印刷在試卷上。
5. 對話場景多為衣、食、住、行等各方面。

★解題方法

概要理解類題目事先沒有提問，要求大致理解整篇原文，進而判斷講話人的意圖、主張或講話的核心。這類題目對應試者聽力水準要求較高，問題只在錄音最後提出，考生

必須聽懂大意，才能回答出試題，而且因試卷上也沒有選項，故難度較大。這類題目以敘述為主，常常先提出某些觀點，加以否定，再提出自己的看法，於是轉折的接續成為一個重要的標誌，往往表示轉折的話語後面是整個題目的關鍵句，所以做該類題目時一定要有技巧、有重點地去聽，抓住關鍵句。

問題3

問題3　問題用紙に何も印刷れていません。まず話を聞いてください。それから、質問を聞いて、正しい答えを1から4の中からひとつ選んでください。

1番　301

2番　302

3番　303

4番　304

5番　305

6番 306

7番 307

8番 308

9番 309

10番 310

11番 311

12番 312

13番 313

14番 314

15番 315

シナリオ練習

名探偵コナン　316

博士：ええ？次の週末イギリスに行く？おいおい、学校は大丈夫なのか？

コナン：ああ、帝丹小学校も高校も記念日と土日が重なって4連休だからな。蘭もおっちゃんものりのりだったよ。しかも、その猫の飼い主のダイアナさんって人がすっげー大金持ちらしくてさ。旅費もホテル代もみーんな出してくれるってよ！

博士：しかしよかったのォ！念願のロンドンへ行けて。

コナン：ああ、父さんは海外に色々連れてってくれたけど、ロンドンはまだだったからな。まずは、ベイカーストリートに行って、次はホームズとワトソンが散歩したハイド・パーク！そして、ホームズが調べ物をしに通った大英博物館！時間があったら、「バスカービルの魔犬」の舞台になったダートムアや、ホームズが宿敵モリアーティー教授と落ちたライヘン・バッハの滝にも…くぅ～あ！行きたい所がありすぎて困っちまうぜ！！

哀：でも、あなた大丈夫なの？パスポート！

博士：あ？

コナン：うあ！！すっかり忘れてた！！

哀：あのねぇ、江戸川コナンは工藤新一が薬で幼児化した姿。実際にはいてはならない人間なのよ！そんな人がホイホイ海外に旅行できるわけないでしょ？

コナン：そりゃそうだけど…なぁ、博士、何とかならねーか？パスポートを偽造するとかよ！

博士：バカ言え！犯罪じゃぞ！！

恋空　317

美嘉：もしもあの日、あなたに出会っていなければ、こんなに苦しくて、なに悲しくて、こんなに涙が溢れるような想いはしなかったと思う。だけど、あなたに出会っていなければ、こんなに嬉しくて、こんなにやさしくて、こんなに愛しくて、こんなにあったかくて、こんなに幸せな気持ちを知ることはできなかった。元気ですか。私は今でも空に恋をしています。

第四章　発話表現

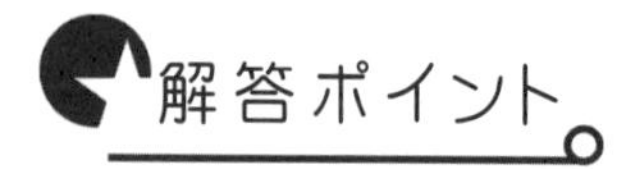

解答ポイント

★題型特點

1. 圖示日常生活場景和問題說明。
2. 三個選項均未被印刷在試卷上。
3. 話題多為日常生活對話等。

★解題方法

看圖對問題難度不大，若能仔細辨識，基本上都能答對。其特點是根據圖的內容進行對話，所以在進入此題之前一定要用最快的速度將各題的圖先看一遍，讀懂圖所示意思就意味著答案的一半已經出來了；注意題中箭頭的所指方向為話說人方，這一點希望大家一定要銘記。

N3～N5級別考試中都出現該考題題型，突出考查考生的基礎知識；只要我們掌握初級上到中級初的基本句型，完全可以應對這種題型。

問題4

問題4　絵を見ながら質問を聞いてください 。それから 、正しい答えを1から3の中から一つ選んでください 。

1番 401

2番 402

3番 403

4番 404

5番 405

6番 406

7番 407

8番 408

9番 409

10番 410

11番 411

12番 412

13番 413

14番 414

15番 415

シナリオ練習

となりのトトロ　416

サツキ：あ … メイ … メイ … こら … 起きろ … こんなどこで寝てちゃだめでしょう。

メイ：トトロは。

サツキ：トトロ？

メイ：あれ … あれ …

サツキ：夢見てたの。

メイ：トトロいたんだよ。

サツキ：トトロって … 絵本に出てたトロロのこと？

メイ：うん … トトロって … ちゃんといたもん … 毛がはいって … こんな口くちしてて … こんなのとこのくらいのと … こんなに大きいのが寝てた。

お父さん：いた … いた … へえ … すごいね … 秘密基地みたいだな。

サツキ：お父さん、メイ、ここでトトロに会ったんだって。

お父さん：トトロ？

メイ：こっち。

お父さん：おい…待ってくれ。

サツキ：ここ？

メイ：ううん…さっき大きな木の所に行った。

サツキ：だけど、一本道だったよ。メイ、戻っておいで！メイったら。

お父さん：ははは…

メイ：本当だもん。本当にトトロいたんだもん、うそじゃないもん。

お父さん：メイ。

メイ：うそじゃないもん。

お父さん：うん…お父さんもサツキもメイがうそつきだなんて思っていないよ。メイはきっとこの森の主に会ったんだ。それはとても運がいいことなんだよ。でも、いつも会えるとはかぎらない。さあ、まだ挨拶に行ってなかったね。

サツキ：挨拶？

お父さん：塚森へ出発。

秒速5センチメートル　417

先輩：遠野くん。

貴樹：先輩。

先輩：なに？ラブレター？

貴樹：違いますよ。

先輩：ごめんね、全部お願いしちゃって。

貴樹：いえ、すぐ終わりましたから。

先輩：ありがとう。ねぇ、転校しちゃうって本当？

貴樹：はい、三学期一杯です。

先輩：どこ？

貴樹：鹿児島です。親の都合で。

先輩：そうか。寂しくなるなぁ。

明里：最近は部活ぶかつで朝が早いので、今この手紙は電車で書いています。この前、髪を切りました。耳が出るくらい短くしちゃったから、もし会っても私って分からないかも知れませんね。

母：ただいま。

貴樹：おかえり。

明里：貴樹くんも、きっと少しずつ変わっていくのでしょうね。

明里：拝啓。寒い日が続きますが、お元気ですか。こちらはもう何度か雪が降りました。私はその度にものすごい重装備で学校に通っています。東京は雪はまだだよね。引っ越してきてからもつい癖で、東京の分の天気予報まで見てしまいます。

第五章　即時応答

解答ポイント

★題型特點

1. 簡短的日常生活場景和問題說明。
2. 三個選項均未被印刷在試卷上。
3. 話題多為日常生活對話、寒暄語等。

★解題方法

即時應答問題難度不高，若能仔細辨識的話，基本上都能答對。不過由於考查的是聽力，句子短小且口語化，考生有時還沒反應過來，就結束了。從這一點上看，新能力考試的一個難點就是要求考生要有一定生活口語的應變能力，學會用日語思維思考，不僅要學會語言，更要了解該國的文化和說話方式。建議考生重在積累和練習。

問題5

問題5　問題用紙に何も印刷れていません。まず文を聞いてください。それから、その返事を聞いて、1から3の中から正しい答えをひとつ選んでください。

1番　501

2番　502

3番　503

4番　504

5番　505

6番　506

7番　507

8番　508

9番 509

10番 510

11番 511

12番 512

13番 513

14番 514

15番 515

16番 516

17番 517

18番 518

19番 519

20番 520

21番 521

22番 522

23番 523

24番 524

25番 525

26番 526

27番 527

28番 528

29番 529

30番 530

31番 531

32番 532

33番 533

34番 534

35番 535

36番 536

37番 537

38番 538

39番 539

40番 540

シナリオ練習

千と千尋の神隠し 541

千尋：ハク。

ハク様：行こう。

千尋：お父さんとお母さんは？

ハク様：先に行ってる。

千尋：水がない…

ハク様：私はこの先には行けない。千尋は元来た道をたどればいいんだ。でも決して振り向いちゃいけないよ、トンネルを出るまではね。

千尋：ハクは？ハクはどうするの？

ハク様：私は湯婆婆と話をつけて弟子をやめる。平気さ、本当の名を取り戻したから。元の世界に私も戻るよ。

千尋：たどこかで会える？

ハク様：ん、きっと。

千尋：きっとよ。

ハク様：きっと。さあ行きな。振り向かないで。

母：千尋ー。なにしてんの、はやく来なさい。

千尋：ああっお母さん、お父さん。

母：だめじゃない、急にいなくなっちゃ。

父：行くよ。

千尋：お母さん、何ともないの。

母：ん？引越しのトラック、もう着いちゃってるわよ。

空の城ラピュタ 542

パズー：え、僕はパズー。この小屋でひとり暮らしをしてるんだあ、あ～吹き終わったら、あげるきまりなんだ。

シータ：ふわぁ、ふふふーはあ、ははははふふふ。

パズー：ふ、安心した。どうやら人間みたいだ。さっきまで、ひょっとすると天使じゃないかって、心配してたんだ。

シータ：ありがとう。助けてくれて。私シータっていうの。

パズー：シータ。いい名前だね。驚いちゃった空降りてくるんだもの。

シータ：そうだわ。私どうして助かったのかしら。飛行船から落ちたの。

パズー：覚えてないの？

シータ：うん。

パズー：ふーんねぇ、それ、ちょっと見せてくれる？

シータ：これ？

パズー：うん。

シータ：私の家に、古くから伝わるものなの。

パズー：きれいな石だね。ちょっと。ん？あれ？んんんふふふー。見てー！

シータ：はっ！あ！あ、パズー！

パズー：ん、ん、んんっふふ、やっぱり、このせいじゃなかったみたいだ。うわ、ぁーあ！

シータ：はぁっ！ああっ！

パズー：んんーいいいっ、うん、うんん。

シータ：ふっええ、パズうわっ！ああっ！パズー、しっかり！

パズー：んにいぃ。

シータ：大丈夫？

パズー：うん、シータは？

シータ：平気。ごめん。痛かった？

パズー：うぅうん、僕の頭は、親方のゲンコツより、かたいんだ。

シータ：あはっふふっ。

スクリプト

第一章　課題理解

問題1　まず質問を聞いてください。それから話を聞いて、問題用紙の1から4の中から正しい答えを選んでください。

1番

会社で女の人と男の人が話しています。忘年会はどこですることになりましたか。

女：部長、来月の忘年会ですけれども、場所を早めに予約した方がいいと思いますので…

男：そうだね。うち若い人が多いから、料理の量が多くて、わいわい飲めるところがいいね。

女：それでしたら、焼肉の一番屋かレストランのキチョ

ウ、それから料亭のだいご亭がありますが…、どこにしましょうか。

男：みんな焼肉が好きだから、一番屋にしようか。

女：はい、では、そこを予約しておきます。

男：あっ、一番屋って、最大何人まで入れるんだっけ。

女：あっ、そうですね。うちの人数だと、入りきれないんですね。

男：キチョウはどうなの？僕行ったことないからわからない。

女：一番屋と変わらないくらいの広さです。

男：それじゃあ無理だね。だいご亭はおいしいんだけど、静かだから、忘年会には向いてないよな。

女：あ、そういえば、駅前に白木屋という新しい居酒屋ができましたよ。

男：じゃあ、今回は新しいところにしようか。

女：先週行ってきました。そこは料理がいろいろありますので、みんな楽しめると思います。

質問：忘年会はどこですることになりましたか。

正解：4

2番

女の人と男の人が電話で話しています。二人はあす何時に会いますか。

女：明日のコンサート楽しみだね。

男：すっごくたのしみ。明日何時に会おうか。

女：明日ね、仕事は五時半までだから、それから車で行って、30分かかるわ。

男：じゃあ、6時ということで。

女：待ってよ。会場付近はたいへん込むと思うわ。15分後にずらした方がいいかもしれない。

男：う～ん、それより電車で行ったらどう。駐車場ないかもよ。

女：そうね。じゃ、そうする。30分あれば余裕で着くわ。

質問： 二人は明日何時に会いますか。

正解：2

3番

女の人が電話で男の人に道を尋ねています。女の人

は、これからどこへ行きますか。

女：あ、もしもし、安田保険の高橋です。さっき教えていただいたKCC銀行のところまでは来たんですが、また道が分からなくなって。

男：そしたら、銀行の向かい側に喫茶店が見えますか。うちの事務所は喫茶店の裏側にあります。

女：喫茶店は見えました。今お伺いしてもよろしいでしょうか。

男：私は今、ヤマト物産のお客さんと打ち合わせをしているところですが、すぐ終わりますので、申し訳ないですが、喫茶店で少々お待ちになってください。

女：あ、そうですか。ところで今日田中部長はいらっしゃいますか。

男：はい、おります。

女：では、田中部長に挨拶をしたいので、先にそちらにいきますね。

男：はい、わかりました。

質問：女の人は、これからどこへ行きますか。

正解：3

4番

女の人と男の人が空港で話しています。二人はこれからどうしますか。

女：こんな天気じゃ、飛行機は飛ぶのかな。

男：お知らせを見てみよう。

女：わあ、欠航がいっぱい出てる。まず部長の便を見て。ええとKS 438の大連から関西はどうかな。

男：書いてないから、大丈夫じゃない。

女：じゃ、部長のホテルの予約はそのままでいいよね。私たちはJL 651だよね。

男：違う。653だよ。

女：そうしたら…

質問：二人はこれからどうしますか。

正解：2

5番

男の人が明日のスケジュールを説明しています。お客さんの明日のスケジュールはどうなりましたか。

男：では明日のスケジュールについて説明いたします。

お手元の予定表をご覧になってください。明日9時には学長と打ち合わせをする予定でしたが、学長の都合により10時に変更させていただきます。申し訳ありません。それで、10時からのキャンパス案内を9時に繰り上げます。なお、11時の八木先生の授業参観は予定通り行われます。

質問：お客さんの明日のスケジュールはどうなりましたか。

正解：1

6番

会社で男の人と女の人が話しています。女の人はこれからまず何をしますか。

男：来月の会議の準備はどうなった。

女：はい、大会議室はすでに予約してあります。それから出席者名簿を作りました。資料も人数分用意しました。

男：それから、社長は、出張で出られないとおっしゃっていたが、その出張がキャンセルとなって、会議に出られることになったんだ。

女：あっ、そうですか。では、新しい出席者名簿を作ります。それから資料も追加します。

男：そしたら、開会の挨拶を社長にお願いした方がいいよね。

女：あ、そうですね。

男：では、挨拶のことは僕から社長に頼んでおきましょう。君は早く名簿を作り直してください。資料の追加は、開会の挨拶を決めてからでいいですよ。

女：はい、かしこまりました。

質問：女の人はこれからまず何をしますか。

正解：4

7番

男の人が二人で話しています。部長の新しい趣味は何ですか。

男1：部長、新しい趣味を始めたそうですね。

男2：うん、楽しいよ。

男1：これが作品ですか。すてきですねえ。

男2：なかなかいいだろう。これを撮るために5時間も山を登ったよ。

男1：へーえ。これ、山の上ですよね。そこまで登ったんですか。

男2：鳥はいつも動くから、撮るのは大変だ。でも、面白いんだ。

質問：部長の新しい趣味は何ですか。

正解：2

8番

女の人が男の人の怪我について、聞いています。男の人はどこでけがをしましたか。

女：山田さん、その足、どうしたんですか。スキーですか。

男：いいえ。昨日テニスをしようとして。

女：そうですか。テニスも危ないですか。

男：いいえ、テニスじゃなくて。

女：え？

男：体育館の段階から落ちたんです。

質問：男の人はどこで、怪我をしましたか。

正解：2

9番

男の人と女の人が話しています。男の人はまずどこを掃除しますか。

女：じゃ、わたしはトイレを掃除するから、あなたは玄関ね。

男：玄関は最後がいいよ。

女：じゃ、押し入れ。

男：押し入れはきみじゃなくちゃわからないよ。

女：じゃ、いいわ。わたしが最初に押し入れをやる。それから台所かな。そのかわり、あなたはお風呂ね。

男：いやだなあ。

女：文句言わないで。

質問：男の人はまずどこを掃除しますか。

正解：3

10番

男の人と女の人が話しています。二人はこの後何に乗りますか。

男：さて、ここからは歩きかな。

女：近い？

男：うん。20分くらいかな。

女：えー？いやだ。歩くの。バスとかないの？

男：ないんだよ。

女：タクシーは？

男：こんなところタクシーも来ないよ。

女：じゃ、電車は？

男：電車じゃなくて地下鉄だよ。駅はここから歩いて10分。

女：もう田中君に車を出してもらおう、歩くのいやだ。

男：わかったよ。じゃ、田中君に電話するね。

質問：二人はこの後何に乗りますか。

正解：4

11番

男の人と女の人が話しています。二人はどこで会いますか。

男：じゃ、日曜日、駅で。

女：ええ。駅の入口でいいわよね。

男：うーん、入口は込んでいるから8時に出る電車の中で。

女：じゃ、一番前で。

男：うん。じゃあ、切符は別々に買おうね。

女：ええ。山下駅までよね。

男：うん。駅からはバスで行くからね。

女：分かったわ。じゃ、日曜日。

質問：二人はどこで会いますか。

正解：3

12番

男の人が話しています。午後はどんな予定ですか。

男：午後の予定を言います、よく聞いてください。

女：はい。

男：まずは会議、それから先輩たちがキャンパスを案内してくれます。終わったら食事です。

女：はい。

男：あっ、食事の前に自分の寮を掃除してください。

女：えー、掃除をしなければならないですか？

男：はい、じゃー、頑張ってください。

女：はーい。

質問：午後はどんな予定ですか。

正解：1

13番

男の人と女の人が話しています。女の人はパーティーで何をしますか。

男：田中さんの結婚パーティーの事なんだけど。

女：ええ。

男：パーティーの時、歌か挨拶をお願いしたいんだけど。

女：え？挨拶はちょっと…

男：じゃ、歌をお願いできる？

女：歌は挨拶よりもっと困るわ。うん…ピアノなら、なんとか。

男：僕がピアノを弾くから、きれいな声を聞かせてよ。

女：分かったわ、やります。

質問：女の人はパーティーで何をしますか。

正解：3

14番

女の人が写真のプリントを頼んでいます 。女の人はいつ写真を取りに来ますか 。

女：あのう 、写真はいつできますか 。

男：二日後になります 。今日は22日ですから 、24日になりますが 。

女：そうですか 。

男：お急ぎですか 。

女：ええ 。

男：では 、今日の5時過ぎでしたら 、出来上がっていますが 。

女：そうですか 。では 、5時過ぎに来ます 。よろしく 。

質問：女の人はいつ写真を取りに来ますか 。

正解：1

15番

女の人は始めに何をしますか 。

女：あのう 、今市役所から電話があったんですが 、これから市役所に行ってもいいですか 。

男：ああ、どうぞ。じゃ、悪いけど、このEMSも出してきてくれますか。
女：はい。じゃ、郵便局に寄ってから市役所に行きます。
男：ついでに銀行で振り込みもお願いできますか。
女：はい。銀行は一番近いので、まずそこへ行きます。

質問：女の人は始めに何をしますか。
正解：4

16番

男の人がデパートに来ました。1階でエレベーターに乗りました。男の人は何階に行きたいのですか。

女：上へ参ります。このエレベータは3階、6階、9階に止まります。
男：あ、すみません。子供用品の売り場は何階ですか。
女：7階でございます。
男：あ、7階。じゃ、どうしよう。
女：では、6階から階段かエスカレーターをご利用ください。
男：じゃ、そうします。
質問：男の人は何階に行きたいのですか。

正解：4

17番

明日と明後日は休みです。休みにサッカーをしようと思います。

天気がいいのはいつですか。天気予報を聞いてください。

男：現在は雨になっていますが、台風は次第に南下して、明日の夕方までには、雨が止み、天気は快復に向かうでしょう。明後日は昼からまた天気が崩れ、雨が降りつづきそうです。

質問：天気がいいのはいつですか。

正解：3

18番

女の人と男の人が電話で話をしています。男の人は明日何時に電話をかけますか。

女：ねえ、明日電話で起こしてくれる？

男：いいよ、何時に。

女：山田君はいつもは何時に起きるの？

男：え、いつもは5時ごろだけど。

女：早い。私は7時には出たいから、30分前に電話して。

男：え、30分前で大丈夫？

女：じゃ、もうちょっと早めに。

男：1時間前なら余裕だろう。

女：そんなに早く起きられるわけないのよ。

男：はい、わかった。

質問：男の人は明日何時に電話をかけますか。

正解：3

19番

女の人と男の人が話しています。飲み会に来る人は何人になりましたか。

女：金曜日の飲み会は何人来るんですか。

男：えっと…、全部で8人です。

女：あっ、そうそう、佐藤さん金曜日は都合が悪くなったそうですよ。

男：ちょっと残念だね。

女：え、それから武田さんは、お子さんを二人連れて来るそうです。

男：そうですか、わかりました。

質問：パーティーに来る人は何人になりましたか。

正解：3

20番

先生と生徒が話しています。明日は何を持って来なければなりませんか。

女：明日は遠足に行きますね、持ち物は…

男：先生、本やノートは持って来なくてもいいですか。

女：本は持って来なくてもいいですが、ノートは必要ですね。スケッチしますから。

男：お菓子は持って来てもいいですか。

女：いいえ、持って来てはいけません。

男：じゃあ、ジュースは？

女：ジュースなら、いいですよ。あっ、お弁当は学校が用意してくれますから、お弁当は持って来なくていいですよ。

質問：明日は何を持って来なければなりませんか。

正解：4

第二章 ポイソト理解

問題2　まず質問を聞いてください。その後、問題用紙を見てください。読む時間があります。それから、話を聞いて、問題用紙の1から4の中から正しい答えをひとつ選んでください。

1番

ラジオで女の人がお中元について話しています。女の人はお中元として何を贈ることにしていますか。

女：お中元というのはお世話になった方々に真心を込めてお贈りするものなんですが、毎年お中元の季節になると、何を贈ればいいのかと頭を悩ませてしまいます。お酒やお菓子、それからタオルなどと、相手の方は何がほしいのだろうかといろいろ考えますが、やはりよく分かりません。

そこで、私は商品券を送ることにしています。商品券は失礼だと思う方もいるでしょうが、もらう方は自分のほしいものを選べて実用的でいいと思います。

質問：女の人はお中元として何を贈ることにしていますか。

正解：4

2番

テレビで女の人が男の人にインタビューしています。男の人は最近は夏風邪をひく人が多い理由は何だと言っていますか。

女：こんにちは。今日は中央病院の山田先生にお越しいただきました。それでは早速先生に夏風邪についてお伺いしましょう。なぜ暑い夏に風邪をひくのでしょうか。

男：夏風邪の原因は、冬の風邪と同じようにやはりウィルスです。しかし夏風邪は、冬の風邪と違ってあまり大流行はしません。

女：でも、最近は夏風邪を引く人が結構多いような気がしますが…

男：そうです。最近では、エアコンによって部屋の空気がかなり乾燥しており、鼻や喉が乾燥気味となってしまいます。このため、ウィルスが体内に入り込みやすく、「映画館で夏風邪がうつった」、「1人が夏

風邪をひくと、家族全員にうつる」などということが起こりやすくなっています。

質問：男の人は最近は夏風邪をひく人が多い理由は何だと言っていますか。

正解：2

3番

女の人と男の人が話しています。男の人は休みの間何をしますか。

女：もうすぐ三連休だね。田中君はどうするの。

男：サークルの友達と山中温泉へ泊りに行って、それから海へ行こうと思うんだ。

女：そうか。でも普通はまず海へ行って、それから温泉という順番じゃないの。

男：どうでもいいさ。実は最近すごく疲れてて、三連休はうちでのんびり過ごしたいんだ。でも、そうしたらいろいろ言われるから。みんな結構うるさいんだ。

女：せっかくの三連休だから、出かけてリフレッシュした方がいいと思うわ。うちは家族全員で温泉よ。楽しみだわ。

質問：男の人は休みの間何をしますか。

正解：1

4番

女の人と男の人が電話で話しています。女の人は何のために電話したのですか。

男：はい、お電話かわりました、営業本部の渡辺です。

女：もしもし、東北支社の鈴木です。

男：あ、どうも。この間は大変お世話になりました。

女：こちらこそお世話になりっぱなしですよ。

男：そちらのみなさんはお元気ですか。

女：ええ、おかげさまで。ところで、最近販売の方はお忙しいでしょうか。

男：この前、助けていただいて、今はやっと少し楽になったところです。

女：実はこちらの新しいプロジェクトは人手が足りなくて、渡辺君に来てもらえたらと思っているんですが。

男：大変ありがたい話ですが、でも、こちらは少し楽になったといっても、そこまで手が回らないかもしれ

ません。せっかくのお話、申し訳ありません。

女：ううん。こちらこそ無理なお願いをしてすみませんね。これからも販売のコツなどいろいろと教えてくださいね。

男：ええ、何でも。

質問：女の人は何のために電話をしたのですか。

正解：2

5番

教室で、男の人と女の人が話しています。昨日、女の人はなぜ欠席しましたか。

男：昨日、来なかったね。どうした、体調でも悪かったの。

女：いいえ。そうじゃなくて。

男：まさか、授業に来る気分じゃなかったとか。

女：そんな。林先生の授業は楽しみなのよ。

男：じゃあ、どうしたの。

女：実は昨日母が怪我をして、入院したの。

男：それは大変。今はもう大丈夫。

女：うん。もう落ち着いたわ。

質問：昨日、女の人はなぜ欠席しましたか。

正解：4

6番

男の人が外国語の勉強について話しています。男の人は何が一番大事だと言っていますか。

男：外国語の勉強は発音や文法などといった基礎はとても大事ですが、これだけでは外国語を話せるようになるとは限りません。英語を何年間も勉強しても、結局話せない人は結構いるでしょう。外国語がしゃべれるようになるためには、思い切って外国語そのものを使って、他人とコミュニケーションをすればいいと思います。発音がよくなくても、文法がめちゃくちゃでもいいのです。とにかく話してみて、自分の意思が向こうに伝わったらいいわけです。このプロセスの中で失敗は付きものです。失敗を恐れない、恥ずかしがらない態度が必要です。

質問：男の人は外国語の勉強で何が一番大事だと言っていますか。

正解：3

7番

男の人と女の人が話しています。お客さんは何曜日にどこに着きますか。

男：あ、田中さん。

女：はい。

男：日曜日来る予定のお客さんがね。

女：あ、遅れますか。

男：いや、一日早くなったそうです。しかも東京じゃなくて、大阪に着くって、連絡がありました。

女：ああ、そうですか。

質問：お客さんは何曜日にどこに着きますか。

正解：2

8番

男の人と女の人が話しています。体育館はどうして閉まっていたのですか。

男：あれ？体育館、閉まっていますね。

女：休みは火曜日だから、今日は開いているはずですけど。

男：開くのは何時ですか。

女：いつも9時です。もう10時すぎだから。

男：月の終わりの日も休みですね。

女：でも、今日は25日だし。

男：あれ？見てください。体育館は移転しました。

女：ええ？移転って。

男：ほかのところに移ったようですよ。

質問：どうして閉まっていたのですか。

正解：4

9番

男の人が話しています。この人の友達はどうしてトランプをしたのですか。

男：僕の友達に面白い人がいてねえ。会社の人と一緒に初めて海に行ったんだけど、泳げない、ということ言えなくて、みんなが泳いでいるときに、僕は泳ぐのはうまいけど、嫌いなんだとか言って、ホテルにいた人たちとずっとトランプをやっていたんだよ。

質問：この人の友達はどうしてトランプをしていたの

ですか 。

正解：3

10番

男の学生と女の学生が話しています 。女の学生はどんなアルバイトがいいと考えるようになりましたか 。

女：アルバイトを探しているんだけど、どこかいいところを知ってる？

男：どんなのがいいの？

女：家からあまり遠くないのがいいね 。

男：この辺じゃ 、なかなかね 。駅前に行かないと 。

女：そうか 。しかたないね 。

男：仕事は何でもいいの？

女：料理屋さんがいいな 。

男：ただでご飯食べられるから？

女：まあ 。

男：時間は？いつでもいいの？

女：夕方からがいいな 。

質問：女の学生はどんなアルバイトがいいと考えるようになりましたか 。

正解：2

11番

女の人はこれからの医者の仕事で一番大切なのは何だと言っていますか。

女：皆さん、医者の仕事とは何でしょうか。病院は病気をより早く治すところです。私たち医者は病気を治すためにいつも研究したり、勉強したりすることが必要です。新しい機械や技術を使って、一番よい方法を考えることも大切でしょう。しかし、最近、このようなことばかりではなく、病気の人が、自分で治す力を作ることが大切だと考える人が多くなってきました。病気の人の気持ちになって考えることができる人が病院には必要なのです。これからの医者は病気の人の気持ちをわかってあげて、病気の人に自分で病気を治そうという気持ちを持たせることがもっと大きな仕事だと言えるでしょう。

質問：これからの医者の仕事で一番大切なことは何ですか。

正解：2

12番

男の人と女の人が話しています。女の人はKCC会社の寺下さんについて何と言っていますか。

男：王さん、KCC会社の寺下さんをご存知ですか。

女：あ、お名前は伺っていますが、お会いしたことは…

男：そうですか。じゃ、ちょうどよかった。来週の会議にいらっしゃいますから、ご紹介しますよ。

女：ありがとうございます。よろしくお願いいたします。

質問：女の人はKCCの寺下さんについて何と言っていますか。

正解：3

13番

男の人と女の人が話しています。女の人はどんな本がほしいですか。

女：ねぇ、何か本貸してよ。旅行の時読むから…

男：どんなのがいいの？

女：飛行機の中で読むのよ。

男：じゃあ、これはどう？英語の推理小説。

女：むずかしいよ。もっとやさしいのない？

男：じゃ、これは？恋愛小説だからいいだろう。

女：おもしろそうだけど、ちょっと重いね。

男：軽くて…そんなの私にはないね。

質問：女の人はどんな本がほしいですか。

正解：1

14番

女の人が話しています。この女の人はどんな友達がほしいですか。

女：こんにちは、みかです。16歳です。高校1年生です。好きなことは山を登ったり、プールで泳いだりすることです。休みにはときどきカラオケもします。同じことが好きな女の子と友達になって、一緒にご飯を食べに行ったり、遊びに行ったり、いろいろ話したりしたいです。男の子はごめんなさい。それでは、よろしくお願いします。

質問：この女の人はどんな友達がほしいですか。

正解：2

15番

男の人が電話で部長の奥さんと話しています。明日の会議はいつ、どこで行われることになりましたか。

男：もしもし、山田ですが。部長はいらっしゃいますか。

女：すみません、主人は今出かけております。何か伝えましょうか。

男：ええ、明日の会議ですが、10時から、大阪支社で行われるはずでしたが、予定が変わりました。9時半から事務所で行われることになりました。

女：はい、時間も場所も変わったということですね。

男：はい、よろしくお願いします。それでは、失礼いたします。

女：ごめんください。

質問：明日の会議はいつ、どこで行われることになりましたか。

正解：1

16番

男の人と女の人が会社の中で電話で話しています。女の人はこの後、すぐ何をしなければなりませんか。

男：もしもし、山田だけど。

女：あっ、部長。

男：僕の机のうえに、大きい白い封筒ある？

女：いいえ、ありませんが…

男：ああ、悪いけど、資料室に行って、封筒あるかどうか、見てきてくれる？

女：はい、

男：で、あったら、すぐ大会議室に持ってきてください。

女：はい、わかりました。

男：もしなかったら、大会議室に電話してくれる？急いでね。

質問：女の人はこの後、すぐ何をしなければなりませんか。

正解：1

17番

女の人と男の人が話しています。男の人は一日薬を最低何回飲まなければなりませんか。

女：山田さん、これがお薬ですよ。四時間おきに、飲んでください。

男：あのう、一日に六回飲むということですね。ということは、夜中にも起きて飲まなければなりませんか。

女：寝ている間は飲まなくても結構です。でも、ちゃんと六回飲んだら、病気が早く治りますよ。

男：はい、わかりました。

質問：男の人は一日に薬を最低何回飲まなければなりませんか。

正解：2

18番

デパートの人が話しています。女性のセーターはどこで買えますか。

男：お客様にお知らせします。先月売り場が変わりました。野菜や果物は新館の一階、おもちゃは新館の四階になりました。女性の服は本館の三階、男性の服は本館の四階です。よろしくお願い致します。

質問：女性のセーターはどこで買えますか。

正解：1

19番

男の人と女の人が話しています。女の人は車をどこにとめますか。

女：すみません、ここ車とめられますか。

男：銀行の前はだめなんですよ。隣に駐車場あるんですけど、夕方はいつも込んでて、入れないことが多いんですよ。

女：あら、困ったわね。どこかほかに止められるところありますか。

男：えーと、ここから500メートルぐらい行ったところにスーパーがあります、その駐車場ならいつも空いているんですが。

女：500メートル？でもまあ、自分の会社にもどるよりはいいから、そこにするわ。

質問：女の人は車をどこに止めますか。

正解：3

20番

男の人が話しています。男の人はどうして引っ越しましたか。

男：先月引っ越したんですよ。今度のアパートは新しいし、会社にも近いんですよ。うん、前のアパートも会社に近いし、静かでよかったんですが、結婚して、ちょっと狭くなったんです。

質問：男の人はどうして引っ越しましたか。

正解：2

第三章　概要理解

問題3　問題用紙に何も印刷されていません。まず話を聞いてください。それから、質問を聞いて、正しい答えを1から4の中からひとつ選んでください。

1番

男の人が挨拶をしています。

男：皆さん、ようこそ、いらっしゃいました。それでは挨拶をさせていただきます。世界中から15の宝物を集めるのは大変難しいです。世界のいろいろな国から15名の方々を集めるのはそれ以上に難しいです。まさに奇跡です。今日は15名の皆さんに1200年の歴史を誇る京都を訪問していただくことを大変うれしく思っております。

質問：これは何の挨拶ですか。

1. 宝物の展覧会での挨拶です。
2. 歴史学者の歓迎会での挨拶です。

3. 海外観光客の歓迎会での挨拶です。

4. 日本人観光客の歓迎会での挨拶です。

正解：3

2番

女の人が自分の留学生活について話しています。

女：本場の日本語を勉強しようと思って、去年一年間日本に留学しました。初めての留学なので、最初はすごく不安でしたが、向こうの大学の職員の方々はみんな中国語が話せたので、アパート探しはもちろん、最初の買い物も一緒にしてくれるほどすごく親切でした。そのうち、ゼミに入ったら、何とゼミの先生も中国語が話せました。日本語の説明だと分からないのかなと、わざわざ中国語で授業を進めていただいたこともあります。そして、同じゼミの学生はほとんど中国人なので、日本語を使う機会はそれほど多くなかったのです。時には中国にいるような感じもして。カルチャーショックをほとんど感じないで、ホームシックにもなりませんでしたが、結局一年間日本にいても、日本語はあんまり上達しませんでした。

質問：女の人は自分の留学生活をどう思っていますか 。

1. 職員も先生もやさしくて、日本語がすごく上手になった 。
2. 先生や職員から 、たくさんの日本語を勉強しました 。
3. 周りは中国人留学生が多くて 、みんなで一緒に日本語で会話しました 。
4. 周りの人はみんな中国語が出来るから 、あまり日本語の勉強はできませんでした 。

正解：4

3番

女の人と男の人が話しています 。

男：夕べテレビで安い航空会社が紹介されたよ 。ユニークな発想がいっぱいあって 、感心したよ 。何という名前だったけ 。

女：あっ 、聞いたことあるわ 。ハルキ航空でしょう 。

男：そうだね 。機内食は有料で 、隣の席との間隔がとても狭いとか 。

女：それで 、大幅なコストダウンが実現できて 、値段はほかの航空会社の二割くらいだって 。

男：本当？来月の旅行の航空券ここにしようかな。
女：早めに予約しないと。安いから大人気だよ。

質問：二人はハルキ航空についてどう思っていますか。

1. サービスがよくないと思っています。
2. 安全面が懸念されると思っています。
3. 機内食はあった方がいいと思っています。
4. 安くていいと思っています。

正解：4

4番

男の人が、電話しています。この人は、仕事が終わったら、どうすると言っていますか。

男：あ、ぼくです。きょう、仕事が終わったら野菜を買って帰ると言ってたけど、会議が終わってから「うち上げ」をすることになったんだ。帰りは、12時ごろになると思う。ごめんね。

質問：この人は、仕事が終わったら、どうすると言っていますか。

1. 野菜を買います。

2. すぐうちへ帰ります。

3. 会議に出ます。

4. 飲み会に行きます。

正解：4

5番

男の人と女の人が明日の会議の準備をしています。女の人は今から何をしますか。

女：明日の会議の準備、あと何をしましょう。

男：ええと、机は並べたし。

女：はい。

男：じゃ、ノートパソコンを持ってきてくれる。

女：はい。花束はどうなりました？

男：それは田中さんがやってくれるから、いいよ。

女：はい。あとは、飲み物の準備もしておきましょうか。

男：それは明日やろう。

女：はい、わかりました。

質問：女の人は今から何をしますか。

1. 机を並べます。

2. 飲み物の用意をします。

3. ノートパソコンを持ってきます。

4. 花束を準備します。

正解：3

6番

男の人と、女の人が話しています。2人は、何時に、どの乗り物で行きますか。

男：今、何時？

女：ええと、今12時10分で、次のバスは…。あ、2時10分だ。

男：ええっ、あと2時間も待つのか。

女：うーん、どうしようか。今日は道が混んでいるし、バスはすごく遅れるかもよ。

男：それじゃ、やっぱり電車かな。1時間後のがあるよ。駅までけっこう歩くけどな。

女：あと1時間ね、仕方ないわね。

質問：2人は、何時に、どの乗り物で行きますか。

1. 2時10分のバスでいきます。

2. 1時の電車でいきます。

3. 1時10分の電車でいきます。

4. 4時10分のバスでいきます。

正解：3

7番

女の人と男の人が話しています。今、本はどの人が持っていますか。

女：あの、この間お貸しした本、もうお読みになりましたか。

男：すみません。まだなんです。

女：あのー、レポートの参考に使いたいので、返していただけないでしょうか。

男：実は母が読みたいと言って、持って行っちゃったんです。ごめんなさい。

女：えー!?

質問：今、本はどの人が持っていますか。

1. この男の人のお母さんです。
2. この女の人のお母さんです。
3. この男の人です。
4. この女の人です。

正解：1

8番

女の人と男の人が話しています。男の人は、どうして引っ越したいのですか。

男：今、アパートを引っ越そうかと思ってるんだよ。

女：ああ、車の音がうるさくて、寝られないって言ってたわね。

男：それはもう慣れたんだけど、隣の部屋に住んでいる人がね、毎晩ワイワイとパーティーやるんだよ。

女：へえー。文句言ったら？

男：何回も言ったけど、全然…。

女：けんかするわけにもいかないし。

男：そうだよ。

女：実はうちも、上の部屋のピアノの音がうるさいの。私も引っ越そうかな。

質問：男の人は、どうして引っ越したいのですか。

1. ピアノがうるさいからです。

2. 車がうるさいからです。

3. 隣の人がうるさいからです。

4. けんかがうるさいからです。

正解：3

9番

女の人が話しています。どうしてお寺はなくなりましたか。

女：ここには有名な古い寺がありました。でも、去年雪がたくさん降った日、ストーブの火が原因で火事になって焼けてしまいました。地震があっても、台風が来ても大丈夫だったのに、ほんとうに残念です。

質問：どうしてお寺はなくなりましたか。

1. 雪のためです。
2. 火事のためです。
3. 地震のためです。
4. 台風のためです。

正解：2

10番

女の人が話しています。どんな人がおかしを買うと言

っていますか 。

女：えー、今ボールのようなかたちをしたおかしを買う女性がたくさんいるそうです。そのおかしの中には小さい指輪のおもちゃが入っていて、それを集めるために買うんだそうです。10代の女の子が多いかと思ったら 、意外にも30代が多いんだと驚きました 。

質問：どんな人がおかしを買うと言っていますか 。

1. 10代の女の子が買います 。
2. 20代の女性が買います 。
3. 30代の女性が買います 。
4. 30代の男性が買います 。

正解：3

11番

男の人が話しています 。だれがコンサートに行きましたか 。

男：きのうのコンサートすごかったよ 。いやあ 、僕はコンサートに全然興味なかったけど 、兄は都合悪くて行けなくなったから 、僕が行かされたんだよ 。

質問：だれがコンサートに行きましたか。

1. 男の人です。

2. 男の人のお兄さんです。

3. 男の人とお兄さんです。

4. 男の人もお兄さんも行きませんでした。

正解：1

12番

男の人が話しています。明日雨が降りそうだったら、運動会はどうなりますか？

男：明日の運動会についてお知らせします。明日の運動会は雨が降ったら中止します。天気がよかったら、午前十時までに中学校にお集まりください。もし雨が降りそうだったら、九時までに「するかどうかのお知らせ」を致します。

質問：明日雨が降りそうだったら、運動会はどうなりますか？

1. 運動会はあります。

2. 運動会はありません。

3. あるかどうか十時までに分かります。

4. あるかどうか九時までに分かります。

正解：4

13番

男の人が話しています。新橋駅へ行く人はどこで乗り換えますか。

男：本日も東京地下鉄をご利用いただきありがとうございます。お客様にお知らせ致します。昨日新しい駅が出来ました、新橋へいらっしゃる方は中山駅で乗り換えてください。これまでのように、三浦駅ではありませんので、ご注意ください。新橋へいらっしゃるお客様は中山駅で3番線の電車にお乗りください。次は江川、江川です。

質問：新橋駅へ行く人はどこで乗り換えますか。

1. 東京駅です。
2. 中山駅です。
3. 三浦駅です。
4. 江川駅です。

正解：2

14番

女の人が試験について説明しています。教室から出てもいいのは何時からですか。

女：それでは明日の試験について説明します。試験は9時半から11時までです。遅れた場合、30分までは大丈夫ですが、それより後は教室に入ることができませんので、注意してください。試験が早く終わった人は、始めの30分は教室から出ることはできませんが、その後なら、いつ出てもかまいません。

質問：教室から出てもいいのは何時からですか。

1. 9時半からです。
2. 10時からです。
3. 10時半からです。
4. 11時半からです。

正解：2

15番

旅行会社の人がお客に話しています。明日、何時に、どこに集まりますか。

女：え、皆さん、よく聞いてください。明日は9時半の電車に乗ります。ホテルの前に9時に集まることになっていましたが、集まる場所は駅に変わりました。駅の前に集まってください。時間は同じです。遅れないでください。

質問：明日、何時に、どこに集まりますか。

1. 9時にホテルの前です。

2. 9時半にホテルの前です。

3. 9時に駅の前です。

4. 9時半に駅の前です。

正解：3

第四章　発話表現

問題4　絵を見ながら質問を聞いてください。それから、正しい答えを1から3の中から一つ選んでください。

1番

女：お世話になった人に旅行のお土産を渡したいんです。何と言いますか。

男：1. これ、かなりいいものですが、どうぞ。

2. これ、つまらないものですが、どうぞ。

3. これ、私の考えに過ぎないが、どうぞ。

正解：2

2番

男：来週は学園祭があります。先生を学園祭に誘いたいんです。何と言いますか。

女：1. ぜひ先生にも来ていただきたいと思います。

2. ぜひ先生にも来てもらいます。

3. ぜひ先生にも来ていただきたいと思ってらっしゃるのです。

正解：1

3番

女：仕事が終わって、これから家に帰ります。まだ仕事をしている上司に何と言いますか。

男：1. おい、帰るぞ。

2. お先に失礼します。

3. 帰りましょうよ。

正解：2

4番

男：レストランでアルバイトをしています。明日は休みたいのです。レストランの人に何と言いますか。

女：1. 明日休ませていただきたいんですが。

2. 明日休む。

3. 明日休んでいただきます。

正解：1

5番

女：先生の家を訪問するとき、入る前に何と挨拶しますか。

男：1. ごめんください、田中です。先生はいらっしゃいますか。

2. ごめんください、田中です。先生はおりますか。

3. ごめんください、田中です。先生はいられますか。

正解：1

6番

男：先生に父の絵を見せたいんです。何と言いますか。

女：1. 先生、父の絵を拝見してください。

2. 先生、父の絵を拝見なさってください。

3. 先生、父の絵をごらんになってください。

正解：3

7番

女：お母さんが今していることは、何と言いますか。

男：1. お母さんは赤ちゃんにごはんを食べてあげました。

2. お母さんは赤ちゃんにごはんを食べられました。

3. お母さんは赤ちゃんにごはんを食べさせました。

正解：3

8番

女：ラオさんは田中部長から頼まれた仕事を忘れたとき、何と言うべきですか。

男：1. 部長、申し訳ございません、今すぐやります。

2. これ、重要ですね。

3. 部長、こんばんは。

正解：1

9番

男：友達からプレゼントをもらったとき、何と言いますか。

女：1. きれいだね、ありがとう。

2. きれいだね、どこで買ったの？

3. きれいだね、高かった？

正解：1

10番

女：友達の家でご飯を食べました、終わる時、何と言いますか。

男：1. ごちそうさまでした。

2. おそまつさまでした。

3. お手前頂戴いたします。

正解：1

11番

男：電話で、お客さんの声がよく聞こえない場合、何と言いますか。

女：1. お電話が少々遠いようなんですが、もう一度お伺いできますでしょうか。

2. 恐れ入ります、よく聞こえませんけど。

3. もう一度お名前を言ってください。

正解：1

12番

女：先生にお土産をあげる場合、何と言いますか。

男：1. これはどうですか。

2. 先生、お好きですか。

3. お気に召しましたか。

正解：3

13番

男：先生に資料を借りたい時、何と言いますか。

女：1. この資料をもらっていいですか。

2. その資料を見せてくださいませんか。

3. その資料を貸してちょうだい。

正解：2

14番

女：デパートで、お客さんに物を渡す時、何と言いますか。

男：1. お待たせ致しました。

2. これ結構だ。

3. これでいいよね。

正解：1

15番

男：目上の人にお願いをする場合、何と言いますか。

女：1. ごめんください。

2. 失礼ですが、一つお願いがある。

3. 恐れ入りますが、ちょっとお願いがあるんですが。

正解：3

第五章　即時応答

問題5　問題用紙に何も印刷されていません。まず文を聞いてください。それから、その返事を聞いて、1から3の中から正しい答えをひとつ選んでください。

1番

男：その荷物重たそうだね。持ちましょうか。

女：1. いいえ、どういたしまして。

　　2. ありがた迷惑です。

　　3. どうもすみません。

正解：3

2番

女：今日は大雨だとテレビで言ってたよ。

男：1. それじゃ出かけられないね。

　　2. それはおめでとう。

　　3. 今日はよい一日でありますように。

正解：1

3番

男：最近ますます頭痛がひどくなって。

女：1. 病院に行ってみたら？

2. 恐縮です。

3. お見舞い申し上げます。

正解：1

4番

女：今日は部長に怒られて、さんざんだったよ。

男：1. おお、よかったね。

2. そう、えらいね。

3. それは大変だったね。

正解：3

5番

男：燃えるごみは火曜日だっけ？

女：1. もうないと思うわ。

2. 違うわ、水曜日なの。

3. キャンセルしたはずよ。

正解：2

6番

女：来週の水曜日あいていますか。

男：1. 人が多くて込んでいましたよ。

2. はい、あります。

3. はい、いいですよ。

正解：3

7番

男：先生、留学についてちょっとお尋ねしたいんですが

女：1. いいえ、見てません。

2. はい、何でしょうか。

3. そうですね、お持ちしましょう。

正解：2

8番

男：あのね、今度私マラソン大会に出ることにしたんだ。

女：1. どうだったの。

2. よく頑張ったね。

3. 頑張ってね。

正解：3

9番

男：山田君は来ていますか。

女：1. はい、またどこかに出かけたみたいですけど。

2. はい、来ます。

3. では、ご一緒に。

正解：1

10番

女：ねえ、ちょっと資料見せてほしいんだけど。

男：1. じゃ、よかったら見せて。

2. 見せてもらったらいいんじゃない。

3. いいよ。今使ってないから。

正解：3

11番

男：ねえ、北海道って行ったことある。

女：1. うん、一回だけだけどね。

2. いや、いかないこともあるよ。

3. へえ、行ってほしいな。

正解：1

12番

女：なんで今日山中さんは会社に来てないの。

男：1. 車で来たんだって。

2. うん、来てない。

3. 風邪を引いたらしいよ。

正解：3

13番

男：報告書、やっとできたよ。

女：1. 残念だったね。

2. 大変だったね。

3. 困ったね。

正解：2

14番

女：帰る時、鍵をかけ忘れないでね。

男：1. つけておきます。

2. よろしくお願いします。

3. 分かりました。

正解：3

15番

男：いくつかお伺いしたいことがあるんですが…

女：1. どんなことでしょうか。

2. 聞いたことがあります。

3. 二十五歳なんです。

正解：1

16番

女：もうすぐ雨止みそうだね。

男：1. それほどでもないよ。

2. まだ降ってないよ。

3. 夕方まで降るらしいよ。

正解：3

17番

男：これ、郵便局に持って行ってもらえませんか。

女：1. すぐ行ったほうがいいですよ。

2. 急いで取りにいきます。

3. ちょっと後でもいいですか。

正解：3

18番

女：明日、教室の掃除お願いできる。

男：1. おー、やってあるよ。

2. うん、いいよ。

3. 取ったばかりだよ。

正解：2

19番

女：お客様、ここは禁煙でございますが…

男：1. えっ、吸ってもいいんですか。

2. えっ、吸ってはいけないんですか。

3. えっ、吸わなくてはいけないんですか。

正解：2

20番

女：いらっしゃいませ。何かお探しですか。

男：1. あ、ちょっと見てるだけです。

2. はい、探してください。

3. はい、なんでも探しています。

正解：1

21番

男：たいしたもんだ。

女：1. いいえ、とんでないです。

2. 恐縮しております。

3. 申し訳ございません。

正解：1

22番

女：日本は、もう長いんですか。

男：1. あと3時間ぐらいでしょうか。

2. いえ、半年前に来たばかりです。

3. まだ30キロぐらいあります。

正解：2

23番

男：明日買い物に行きましょうか。

女：1. ええ、そうしました。

2. ええ、そうでしょう。

3. ええ、そうしましょう。

正解：3

24番

女：どう？このシャツ買おうかな。

男：1. ええ、その色はちょっとね。

2. ええ、けっこう安いよね。

3. ええ？知らなかったの。

正解：2

25番

男：佐藤さん、次の会議ですが、いつがいいですか。

女：1. じゃ、予定に入れときます。

2. ああ、その日はちょっと都合がつかないんですが。

3. 金曜の午後なら、時間がとれますけど。

正解：3

26番

女：来るの遅いよ。もう時間ぎりぎりだよ。

男：1. また遅れちゃったの？

2. あと10分もあるよ。

3. ごめんね、寝坊しちゃって。

正解：3

27番

男：山田さん、社長がお呼びですよ。

女：1. すぐ伺います。

2. こちらにおいでください。

3. お待ちいたします。

正解：1

28番

女：今日はどこもすごい人ごみだね。

男：1. 休みだからね。

2. あっ、ちょっと多すぎた？

3. もう捨ててきたよ。

正解：1

29番

男：あれ、髪の色どうしたの？

女：1. 心配だったんだけど。

2. おかしい。

3. 何色がいいかな。

正解：2

30番

女：明日、中学校のクラス会よね、行くでしょう。

男：1. 楽しみにしてるんだ。

2. 楽しんできてね。

3. 楽しいでしょう。

正解：1

31番

男：君、なんてことをしてくれたんだ。

女：1. いえ、とんでもないです。

2. 恐縮です。

3. 申し訳ございません。

正解：3

32番

女：まったく。近頃の大学生ときたら。

男：1. あれ、違うの？

　　2. どうしたの？

　　3. まあ、それもあるけどね。

正解：2

33番

男：お、このロボット動いている。

女：1. はい、どこかに動かそうか。

　　2. はい、本当に生きてるみたい。

　　3. いいえ、動いてはいけない。

正解：2

34番

女：これ、なんだろう？

男：1. スプーンじゃない？

　　2. いや、使いにくいでしょう。

　　3. そうかな。

正解：1

35番

男：先生への贈り物、何がいいかな？

女：1. いや、先生にはしばらく会わないからね。

　　2. まあ、いいよ。

　　3. これいいんじゃない。

正解：3

36番

男：予約してないんですが、大丈夫ですか。

女：1. 今日の午後なら大丈夫です。

　　2. どうすれば予約できますか。

　　3. 昨日だったらよかったのに。

正解：1

37番

女：あら，もうこんな時間！早く行かなきゃ！

男：1. どうぞ、ごゆっくり。

2. うわ、本当だ、急ごう。

3. 間に合って、よかった。

正解：2

38番

女：どんな男でしたか。

男：1. ええ、変というか、全体に薄いんです。

2. まるい顔で、変な髪をしていました。

3. はい、はっきり見ました。

正解：2

39番

女：あら、これ、かわいいわ、買いましょうよ。

男：1. リサイクルしました。

2. これと同じようなのが、うちにいくつもあるじゃないか。

3. さっき君のくつを買ったよ。

正解：2

40番

男：急に寒くなりましたね。

女：1. お上手ですね。

2. よく知っていますね。

3. 寒いはずですよ。今日は「大寒」ですから。

正解：3

答え

第一章　課題理解

1番	2番	3番	4番	5番	6番	7番	8番	9番	10番
4	2	3	2	1	4	2	2	3	4

11番	12番	13番	14番	15番	16番	17番	18番	19番	20番
3	1	3	1	4	4	3	3	3	4

第二章　ポイント理解

1番	2番	3番	4番	5番	6番	7番	8番	9番	10番
4	2	1	2	4	3	2	4	3	2

11番	12番	13番	14番	15番	16番	17番	18番	19番	20番
2	3	1	2	1	1	2	1	3	2

第三章　概要理解

1番	2番	3番	4番	5番	6番	7番	8番	9番	10番
3	4	4	4	3	3	1	3	2	3

11番	12番	13番	14番	15番
1	4	2	2	3

第四章　発話表現

1番	2番	3番	4番	5番	6番	7番	8番	9番	10番
2	1	2	1	1	3	3	1	1	1

11番	12番	13番	14番	15番
1	3	2	1	3

第五章　即時応答

1番	2番	3番	4番	5番	6番	7番	8番	9番	10番
3	1	1	3	2	3	2	3	1	3

11番	12番	13番	14番	15番	16番	17番	18番	19番	20番
1	3	2	3	1	3	3	2	2	1

21番	22番	23番	24番	25番	26番	27番	28番	29番	30番
1	2	3	2	3	3	1	1	2	1

31番	32番	33番	34番	35番	36番	37番	38番	39番	40番
3	2	2	1	3	1	2	2	2	3

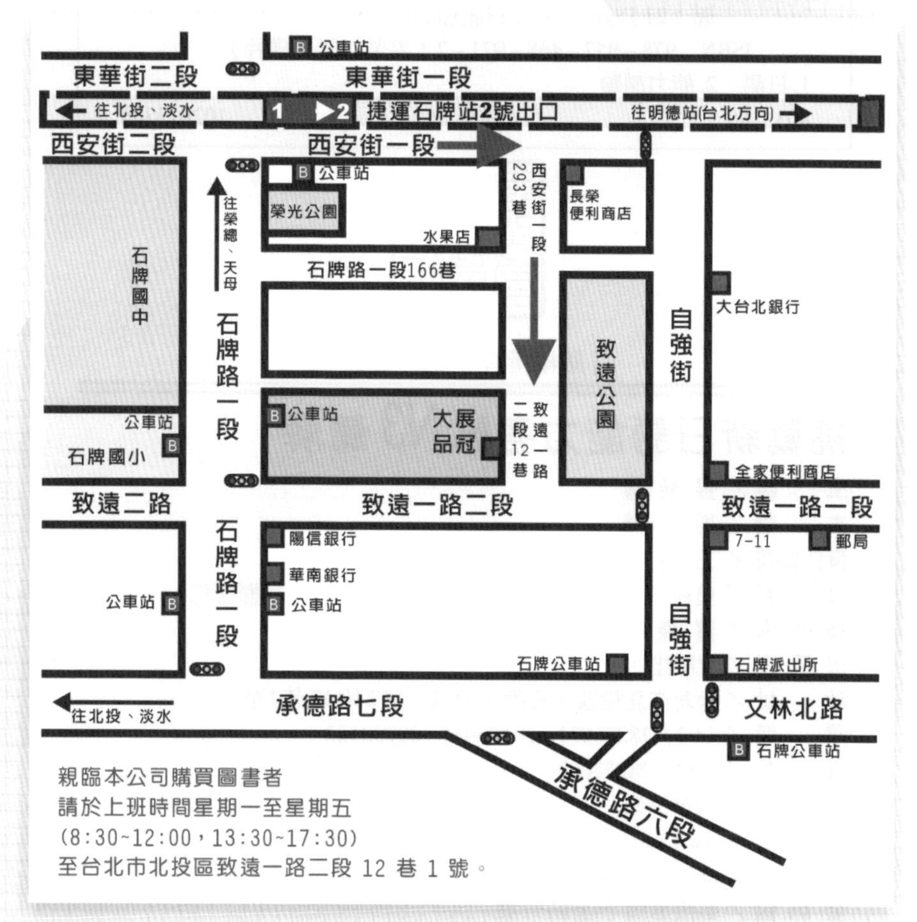

建議路線

1.搭乘捷運．公車

淡水線石牌站下車，由石牌捷運站 2 號出口出站(出站後靠右邊)，沿著捷運高架往台北方向走(往明德站方向)，其街名為西安街，約走100公尺(勿超過紅綠燈)，由西安街一段293巷進來(巷口有一公車站牌，站名為自強街口)，本公司位於致遠公園對面。搭公車者請於石牌站(石牌派出所)下車，走進自強街，遇致遠路口左轉，右手邊第一條巷子即為本社位置。

2.自行開車或騎車

由承德路接石牌路，看到陽信銀行右轉，此條即為致遠一路二段，在遇到自強街(紅綠燈)前的巷子(致遠公園)左轉，即可看到本公司招牌。

大展好書　好書大展

品嘗好書　冠群可期